함부로 대하는 사람들에게

조용히 갚아주는 법

한 그루의 나무가 모여 푸른 숲을 이루듯이
청림의 책들은 삶을 풍요롭게 합니다.

함부로 대하는 사람들에게
조용히 갚아주는 법

글 김효은
그림 강인경

청림출판

출근길에는 오늘 할 일에 대해 생각하고
점심시간에는 오늘 뭘 먹을지 고민하고
퇴근 시간에는 지금 퇴근할 시간인지 가늠하는 것.
사무실에선 이 세 가지를 고민하는 것만으로 충분하다.

주식회사 대팔기획

조용히

20대 후반. 여.
중고 신입 사원.
꼰대에게 당하면 반드시 갚아주는 성격.

구 대표

50대. 남.
겉은 젠틀맨, 속은 능구렁이.

조 상무

50대. 남.
대놓고 꼰대.
벽에다 말하는 기분이 들 정도로
남의 말을 듣지 않아서 별명이 '벽상무'다.

홍 과장

30대 후반. 남.
강자에겐 약하고 약자에겐 강한
전형적인 '아부왕'.

김 과장

30대 중반. 여.
일 잘하는 워킹맘.
회사에서는 일만 하는 게 원칙이다.

진 대리

30대 초반. 여.
후배에게 생색내기를 좋아하는 젊은 꼰대.

꽃잎 씨

20대 중반. 여.
막내라는 이유만으로
잡무를 떠안는 경우가 많다.

일만 씨

20대 후반. 남.
유일한 영상 편집자.
일이 많아서 야근이 잦다.

프롤로그

— 왜 항상 당하고만 있어야 돼?

〈삼우실〉은 오직 이 한 가지 의문에서 출발했다. 영화나 드라마, 웹툰을 보면 직장인 주인공이 할 말을 속 시원히 뱉는 장면이 드물었다. 막내라서, 후배라서, 나이가 어려서, 경력이 짧아서 주인공이 부당함에 순종하는 것이 당연한 서사로 받아들여졌다. 현실이 그랬고, 과거의 내가 그랬다.

나 같은 시행착오를 겪지 않길 바라는 마음에서 〈삼우실〉을 썼다. 혹자는 말했다. '현실에서 용히처럼 행동하다간 찍히기 십상'이라고. 그런데 나는 되레 찍히는 사람들이 점점 더 많아졌으면 좋겠다. '쟤는 왜 저래?'라는 생각이 '쟤들이 왜 저러지?'라는 질문으로 확장하는 순간 갑의 잘못이 드러나고 을의 주장이 힘을 얻게 될 거라고 확신한다.

꼰대로 태어나는 사람은 없다. 꼰대는 만들어진다. 특히 권력을 가진 자리가 꼰대를 만든다. 〈삼우실〉을 쓰고 그리면서 다짐했다.

'나는 나중에 절대로 저런 상사가 되지 말아야지!'

목차

1부   개쌍마이웨이

2부 꼰대 감별서

3부 좀 예민해도 돼

4부 직장생활 호신술

할 말은 하고 삽니다

1부

개쌍마이웨이

● ○ ○ ○ ○

면접

#첫 출근

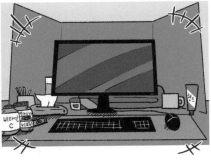

셀프 칸막이.

칸막이보다
강한 것

보도국에는 칸막이가 없다. 입사했을 때부터 없었기에 큰 불편을 느끼지 않았다. 그런데 가끔 '셀프 칸막이'를 설치하는 부류들이 있다. 책을 높이 쌓아 올리거나, 잡동사니를 성벽처럼 둘러 칸막이를 만든다. 화분을 하나씩 늘려가다가 뜻하지 않게 '에코 칸막이'를 조성하는 이들도 있다.

〈삼우실〉 주인공 '용히'라면 첫 출근날 무엇을 들고 갔을까 고민하다가 휴대용 칸막이를 떠올렸다. 그런데 한번은 이 칸막이 때문에 '웃픈' 상황이 벌어졌다. 독자와의 만남 행사 때였는데 한 독자가 손을 번쩍 들더니 진중한 태도로 이런 질문을 하는 것이었다.

— 작가님, 그 칸막이 어디 가면 살 수 있어요?

인사

2년 전 다른 회사

그 회사 여직원들은
다 얼굴 보고 뽑나 봐요?

국회 출입기자로 자리를 옮긴 때였다. 의원회관을 돌면서 인사를 다니는데 한 보좌관이 우리 회사 여기자들을 잘 알고 있다며 반갑게 맞아줬다. 뿌듯한 마음으로 대화를 이어가려는데 그가 난데없이 사족을 달았다.

― 그 회사 여기자들은 다 얼굴 보고 뽑나 봐요. 하하하.

취재 잘한다도 아니고, 기사 잘 쓴다도 아니고, 얼굴 보고 뽑았냐! 능력 보고 뽑는데요, 하고 받아치려다 상황 파악 못하고 계속 히죽거리는 그를 보고는 입을 다물어버렸다. 저치는 이 말이 칭찬인 줄 아는 모양이지.

웃자고 하는 소리에 죽자고 달려들면 관계가 불편해진다고들 한다. 당시 '쫄보'였던 나는 이 말을 곧이곧대로 믿고 그를 따라 웃어넘기고 말았다. 하지만 그에게는 같은 농담을 반복해도 괜찮다는 뜻으로 해석되었을 것이다. 새로운 사람을 만날 때 내 마음이 다치지 않으려면 관계의 첫 단추를 잘 끼워야 한다. 내 마음이 편해야 관계도 지속할 수 있다. 그러니까 낯선 이가 맥락 없이 외모 평가를 한다면 이렇게 대꾸해보자.

— 요새는 초면에 외모 칭찬하면 예의 없는 거라던데, 하하하.

먼저 퇴근할게

지하철역으로 간다고 했지

우산 같이 쓴다고는 안 했다.

설거지

TIP. 설거지를 3초 안에 끝내는 방법

물로 헹궈준 게 어딥니까.

자기가 사용한 컵은
스스로 닦읍시다

아침 8시 50분, 그녀가 어김없이 화장실에 나타났다. 쏟아져 내릴 듯한 컵을 쟁반에 쌓아놓은 그녀는 그것들을 차례로 문지르기 시작했다. 고무장갑도 없이 세제로 범벅된 하얗고 고운 손으로. 이웃 회사에 다니는 그녀는 막내임이 분명했다. 그녀가 오기 수개월 전에는 '또 다른 그녀'가 설거지를 했다. 근로계약서에 설거지라는 업무가 따로 적혀 있진 않을진대 왜 설거지는 대부분 막내 또는 여성의 몫인 걸까. 무수히 많은 컵을 닦아내면서 내가 이러려고 입사했나, 자괴감을 느끼고 있을 그네들이 안쓰러웠다. 자기가 사용한 컵은 스스로 닦는다는 원칙 하나만 세우면 모두가 편해지고 덩달아 업무 효율성도 올라갈 텐데.

회사마다 암묵적으로 정해진 '막내 업무'라는 게 있다. 도제식 교육을 중시하는 직종일수록 막내 업무의 영역이 절대적이고 공고하다. 그렇다고 해서 상사는 자기 자신이 해야 할 잡무까지 막내 업무에 은근슬쩍 끼워 넣지 마시라. 자칫 잘못하다가는 당신이 영원히 막내로 남는 수가 있다.

점심시간

나는 월급만큼만 일할 건데.

월급만큼만 일한다는데
뭐가 문제죠?

수습기자 시절에 택시를 많이 탔다. 하루에 경찰서 네 곳을 서너 차례 돌아야 하는데, 무조건 빨리 목적지에 도착하려면 택시만한 교통수단이 없었다. 월급을 모조리 택시비로 썼다(정직원으로 발령받기 전이라 급여가 상대적으로 턱없이 적었다). 지출이 수입을 초과하는 재정상태가 넉 달간 계속됐다. '이건 착취야 착취' 하는 생각이 굳어갈 즈음 수습 기간이 해제됐다. 아이러니하게도 노동 착취를 용인하고 체화한 사람만이 기자 정신이 있는 것으로 평가받고, 진짜 기자가 될 수 있었다. 다행히 요새는 회사에서 수습 기자들에게 교통비 일부를 지급한다고 한다(물론 숨통이 트일 만한 수준은 아니겠지만).

전주에서 시내버스를 운전하는 허혁 씨가 몸으로 써 내려간 책 『나는 그냥 버스기사입니다』를 보면, 아르바이트를 통해 부족한 생활비를 충당하는 시내버스 기사들이 나온다. 저자는 이들에게 알바를 뛰지 말라고 충고한다. 적은 임금을 개인의 문제로 치환해버린다면 자신들의 노동이 합당한 대우를 받는 날은 더 요원해질 것이라는 판단에서다. 그가 제시한 해법은 정당한 임금 인상 투

쟁이다. 어느 일터에서든 사용자는 임금 인상 요구를 일축하기 마련인데, 그렇다면 노동자인 우리가 할 수 있는 최소한의 저항은 월급만큼만 일하는 것이다. 월급 백만 원을 받는데 이백만 원어치 일을 하라면 납득이 가겠는가. 그러니 열정이 없네, 직업정신이 없네, 이런 소리 하지 말고 월급만큼만 일하겠다는 세태에 딴죽이나 걸지 않았으면 한다(아니면 합당한 보상을 해주든가).

워크숍 1

몇 시간 뒤

처음부터
말하든가.

용하 씨가 새로 왔으니까
워크숍 장소랑 프로그램 한번 짜 봐요.
워크숍도 하고 적당히 놀 수 있는 데로.

싼데

…라고. 괜히 시간 낭비했잖아.

우리 사장님은
'답정녀'

사장님이 1박 2일 워크숍 일정을 짜 오래요. 바비큐 시설이 있고 래프팅도 할 수 있는 숙소를 골라서 보고했죠. 그런데 자꾸만 더 알아보라는 거예요. 결국에는 사장님이 직접 장소를 정하셨어요. 나중에 숙소에 가보니까 제 계획안이 왜 퇴짜를 맞았는지 알겠더라고요. 그냥 싸구려 민박집이던데요? 그때 깨달았어요. '회사 돈=사장님 돈'이라는 걸. 처음부터 저렴한 숙소 잡으라고 얘기했으면 괜한 고생 안 했을 거 아니에요, 어휴.

— 중소기업에서 일했던 A 씨의 사연.

워크숍 2

워크숍 3

몇 시간 뒤

앗, 용히 씨
괜찮아요?

좀 게우고 왔으니까
이제 괜찮아지겠죠.

힘들면 좀 누워서 쉬어.
술 잘 안 받나 보네~
얼굴이 빨개.

그…래도 될까요?
그럼 잠깐만 누워 있다
오겠습니다.

억지 술에 대처하는
호신술

술을 즐기지 않는 편이다. 술 마셔야 친해진다는 정설을 신뢰하지도 않는다. 관계의 성립은 진실한 대화에 있다고 믿는다. 그래서였을 것이다. 입사 초기 술을 강권하는 회식 문화에 선뜻 적응하지 못했다. 첫 잔이니까 원샷, 막내니까 원샷, 다른 사람들은 다 마셨는데 나만 안 마시면 분위기 망치니까 원샷. 다양한 이유를 얹은 술잔이 끝없이 돌았다. 특히 싫었던 건 타인의 타액을 공유하는 일이었다. 메르스 사태가 있기 전이라 위생 관념이 없을 때였다. 폭탄주를 만드는 이른바 '병권'이 다음 순번으로 넘어갈 때마다 술잔이 두서없이 섞였다. 그게 싫어 내 술잔에 마늘을 넣기도 하고, 당근을 넣기도 하면서(손에 잡히는 채소는 다 넣어봤다) 표식을 남기려 애썼다.

　　— 이거 누구 잔이야? 누가 마늘을 넣었어?

　　— 아, 그거 제 겁니다. 기왕이면 건강하게 마늘주로 마시고 싶어서요.

　　— 그래? 그럼 나도 하나 넣어볼까? (아, 안 되는데….)

술을 좋아하지 않으니 적당한 호신술이 필요했다. 일단 자리에 앉으면 물 잔이나 맥주잔을 여러 개 구해와 테이블 아래 감춰뒀다. 원샷을 외치며 한 바퀴 파도를 돌고 자리에 앉으면 물을 마시는 척하며 머금었던 술을 물 잔에 뱉었다. 고깃집에 가면 꼭 냉면을 시켰는데, 냉면을 좋아해서가 아니라 뱉은 술을 받아내는 데 그만큼 냉면 그릇의 용량이 넉넉해서였다. 매번 같은 방식을 고집하면 탄로 날 게 두려워 사람과 장소에 맞게 적당히 호신술을 변주했다. 살짝 취기가 올랐을 뿐인데 주량을 넘어선 것처럼 고주망태 연기를 하거나, 태생적으로 술이 받지 않는 사람인 척 "잠시 게워내고 오겠다"고 거짓 선언도 했다. 그러다 한번은 눈썰미가 날렵한 선배에게 딱 걸리고 말았다.

— 너 얼굴색 하나 안 변하는 걸 보니 지금 뻥끼* 부리는 거 아니야?
— 네? 어어(끄억), 아닙니(끄억), 다아(끄억).

훗날 〈삼우실〉 만화를 만들면서 범접하지 못한 신기술이 존재함을 알게 되었다. 워크숍에서 술을 덜 마시는 방법에 관한 에피

---

* 거짓말, 속임수를 뜻한다.

소드를 짜내고 있는데, 〈삼우실〉 그림 작가인 인경 씨가 대뜸 자신
의 경험을 털어놓는 게 아닌가.

　　— 저는 화장실에 가서 화장을 고쳤어요. 빨간색 립스틱을 얼
굴에 쓱쓱 칠하고 나서 팩트 쿠션으로 두드려주면 얼굴이 벌겋게
되거든요. 손에 묻은 립스틱 잔여물은 목에 발라줬고요. 그러고 자
리로 돌아가면 아무래도 술을 덜 권하더라고요.

　　…내가 졌다.

#미트 앤 런

회식하자.

한 명도 빠지지 마.

바빠? 그럼 고기만 먹고 가.

― 네, 그래서 시키는 대로 했습니다만?

퇴근 시간 1

퇴근길 지하철.

눈치 게임

— 일 다 끝났는데 왜 다들 집에 안 가는 거죠?
— 퇴근할 시간인데 왜 저는 항상 눈치를 보고 있을까요?

온라인 커뮤니티에 올라오는 흔한 사연들이다. 어느 회사에서
건 오후 6시가 되면 눈치 게임이 벌어지는 모양이다. 누군가 먼저 일
어나주길 바라면서도 정작 눈치 게임 '1'을 외칠 용기는 선뜻 솟지
않는다. 그래서 오후 6시 퇴근을 칼같이 지키는 상사를 만날 때면 괜
히 고마웠다. 그런데 고맙다는 말을 내가 듣게 될 줄은 몰랐다. 〈삼
우실〉 그림 작가 인경 씨가 입사하고 한참 후에 이런 말을 했다.

— 입사 초기에 선배의 문자가 되게 고마웠어요.

대략 이런 내용의 문자 메시지였던 것으로 기억한다.

— 인경아, 6시다. 가자.
— (피드백을 주고받는 와중에) 어? 6시다. 내일 하자. 안녕.

퇴근 시간 2

용히 씨, 어제 내가 말한 거 다 정리했어요?

경쟁사 활동 정리하는 거 말씀이시죠?

여기 있습니다.

전날 퇴근 무렵

예전 회사 파일 안 지우길 잘했다. ㅎㅎ

직장 내
괴롭힘

　새내기 기자 태를 완연히 벗었을 무렵 직장 내 괴롭힘을 당한 적이 있다. 같은 부서 소속이었으나 출입처가 다른 선배로부터였다. 선배는 A 출입처, 나는 B 출입처를 맡고 있었다. 주어진 일만 하기에도 벅찬 시절에 선배는 자신의 업무를 빈번히 나에게 떠넘겼다.

　　— A 관계자 1한테 전화해서 기사에 인용할 멘트 좀 따놔.
　　— A 관계자 2의 기자회견 녹음파일 찾아서 편집하고 나한테 보내.

　그리하여 나는 A 관계자 1한테 전화해 멘트를 따고, A 관계자 2의 기자회견 녹음파일을 편집하는 동시에 본연의 업무인 B 관계자 1한테 전화해 멘트를 따고, B 관계자 2의 기자회견 녹음파일을 편집하는 이중고를 겪어야만 했는데….
　참다못해 선배에게 대거리한 것이 파국의 시작이었다.

— 선배, 제가 내일 아침자 기사를 써야 해서 오늘은 도와드리기 어려울 것 같습니다.

　　선배의 동공 지진쯤은 예상했으나 그 지진이 쓰나미를 일으킬 줄은 미처 예상하지 못했다. 내가 버릇없다는 소문이 돌기 시작했다. 경위를 따져 묻는 척하면서 결국은 후배인 나를 질책하는 전화들이 걸려왔다. 사면초가였다. 분위기가 냉랭해질수록 나에게 득 될 것이 없었다. 나름 친하다고 생각한 한 선배에게 전화를 걸어 조언을 구했다.

　　— 어떻게 해야 그 선배의 화가 풀릴까요?
　　— 그냥 '우쭈쭈'를 해줘. 그런 성격의 사람에게는 잘한다, 잘한다, 칭찬해주는 것 말고는 답이 없어.

　　바로 굴복했다. 제가 경솔했다느니, 평소 선배의 취재능력과 기사에 감탄하고 있었다느니 되는 대로 뇌까렸다. 선배의 입가에 흡족한 미소가 번졌다. 당시 내가 겪었던 일이 직장 내 괴롭힘이라는 용어로 수렴될 수 있음을 깨달은 건 한참 후였다. 후배는 무조건 선배에게 복종해야 한다는 도제식 교육의 약발이 떨어진 시점이기도 했다.

경험담을 길게 늘어뜨린 이유는 비슷한 고민을 하는 직장인이 무척 많기 때문이다. 2018년 2월 '국가인권위원회'의 설문조사 결과에 따르면 직장인 열에 일곱은 직장 내 괴롭힘을 당한 적이 있다고 응답했다. 그런데 이 가운데 약 60%는 관계가 어려워질 것 같아서 또는 개선되지 않을 것 같아서 별다른 대처를 하지 못했다고 한다. 대화를 통한 문제 해결이 가장 이상적이지만, 개선의 여지가 보이지 않거나 사안이 심각한 경우 관계기관에 도움을 요청할 수 있다. 노동부나 인권위에 진정을 넣어 차별 행위를 바로잡거나, 형사고소 또는 민사소송을 통해 법적 구제를 받으면 된다.

하지만 현실의 미생들에게 법적인 절차는 최후의 보루로 느껴지게 마련이다. 그래서 일단 가해자가 원하는 것이 무엇인지 파악을 하고(우쭈쭈를 원하는 건지, 내가 그냥 싫은 건지 등등) 그에 맞는 처방으로 대처하는 게 좋을 성싶다. 단순히 대화로 끝날 일이 아니라면 공익단체 '직장갑질119'의 '갑질 대응 매뉴얼'을 참고할 만하다. 그날그날 업무일지를 작성하거나 대화를 녹음해서 피해 증거를 차곡차곡 쌓아두자. 혼자 속으로만 앓지 말고 동료들에게 피해 사실을 이야기해서 함께 해결방안을 강구해볼 수도 있다. 전문가의 조력이 필요하다면 직장갑질119와 같은 상담 단체를 활용할 것을 권한다.

2부

꼰대 감별서

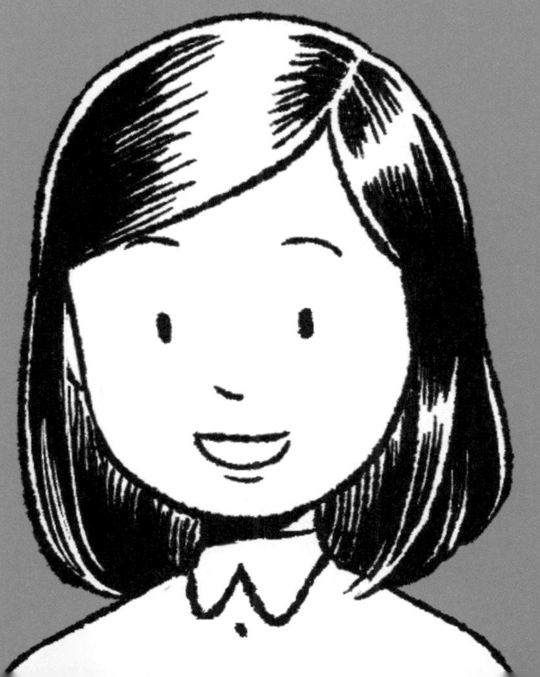

늙지 않는 비법
알려드릴까요?

늙으면 죽는다. 몸이 점점 쇠약해져 죽는 것이다. 죽음을 피할
순 없고 인간이 할 수 있는 일이라곤 신체를 단련시켜 죽음을 최대
한 늦추는 것뿐이다. 30대는 이런 육체적 노화를 막기 위해 헬스
장에 기웃거리기 시작하는 나이다(그래요, 접니다). 그런데 헬스장
에서는 절대 기를 수 없는 근육이 있다. 바로 정신적인 근육이다.
10년간 직장생활을 해오면서 정신 근육이 단련되지 않은 사람을
여럿 봐왔다.

— 내가 해봐서 아는데….
— 우리 땐 말이야….

이 말로 대화를 시작하는 사람은 뇌를 단련하지 않아 기능적
고착에 빠진 사람이다. 뇌에 각인된 고정관념 때문에 새로운 생각
이 비집고 들어갈 틈이 없다. 예컨대 '우리 땐 말이야'는 일견 타당
하고 합리적인 지적을 단번에 깔아뭉개는 데 탁월(?)하다. 다양한
용례를 보자.

— 우리 땐 말이야, 선배들이 시키면 무조건 했어(해석: 어디서 감히 말대꾸야? 빨리 안 해?).

— 우리 땐 말이야, 집에도 못 가고 회사에서 잤어(해석: 회식 빠지기만 해봐라. 3차까지 갈 거니까 각오해!).

경력을 무시할 수 없는 건 경험이 노하우로 축적되어 조직을 이끌고 가는 원동력이 되기 때문이다. 그럴 때야말로 따르고 싶은 선배의 아우라가 빛을 발한다. 하지만 아무리 좋은 선배라도 자신의 경험만 내세우고 고집하면 순식간에 꼰대로 변할 수 있다. 그럴 때 보이는 몇 가지 예후가 있다. "옛날에는" 같은 표현을 일삼는다면 무시무시한 변신이 시작되고 있다고 봐도 무방하니 선배들은 자기 검열을 해보기 바란다. 가만 보면 후배들일수록 "최근에는" "요즘에는" 같은 말로 시작하는 경우가 많다. 그리하여 회의실에서는 '옛날에'와 '요즘에'가 팽팽하게 맞서며 평행선을 달리는 경우가 많은데 두 노선이 만나는 지점을 찾아주는 것이 좋은 선배의 역할이 아닐까 싶다. 마지막으로 "옛날에는"도 아니고, 자기 자신을 주어에 대입하여 "우리 땐 말이야"로 대화를 시작하는 부류들은 이미 변신이 끝나 파괴를 일삼는 꼰대들이니 마음의 준비를 단단히 할 것!

소설가 김연수 선생은 『소설가의 일』에서 농담 잘하는 할아버지로 늙어가고 싶다며 그 비법을 공개했다. 의식적으로 하루에 세 번 농담을 던지기를 40년간 반복하면 된다나 어쩐다나. 신경가소성 개념에 의하면 반복된 경험은 뇌의 구조를 바꿀 수 있다고 하니 그의 목표 달성을 기원한다. 어쨌건 요점은 뇌가 늙지 않도록 평생 연습을 해야 한다는 것이다. 보는 연습, 듣는 연습, 말하는 연습을 꾸준히 하면 일생 몸은 노쇠해질지언정 뇌는 녹슬지 않을 것이다. 특히 꼰대라면 무던히 듣는 연습을 해야 한다. 그러니까 주변에 꼰대가 있다면 넌지시 말해보자. "늙지 않는 비법 좀 알려드릴까요?"

모니터의 비밀

꽃잎 씨, 모니터 한 개로 쓰는 거 불편하지 않아요?

디자인 작업할 때 아무래도 좀 불편하죠.

회사에 비품 신청하면 안 돼요?

하나는 업무용.

하나는 카톡용.

직장인 뫼비우스의 띠

어디서부터 잘못된 걸까.

— 너를 만나지 말았어야 했어.

너는 뭘 잘해?

다음 중 홍 과장이 잘하는 것을 고르시오.

①일 분배

②인사관리

③떠넘기기

먹고 싶으면 네가 타 먹어

먹고 싶으면 네가 타 먹어.

이럴 때만 왜 '우리'가 되는 걸까.

네가 먹고 싶은 게 생각나야

비로소 결속하는 '우리'라는 말의 허상.

야근

그 시각, 김 과장네 집

점심 뭐 시킬까요?

내가 뭘 먹고 싶은지 맞혀봐, 이런 건가?

메뉴 편하게 골라 봐요

그냥 따로 먹자.

직장생활 호신술

직장생활 호신술.

'칼출(칼출근)'이라는 말은 안 쓰잖아.

그러니 '정시출근' '정시퇴근'이 맞지.

올바른 단어를 사용해주십시오.

카톡

퇴근하면 카톡 안읽씹.

카톡
금지법

— 사용자는 이 법에서 정하는 근로 시간 이외의 시간에 전화(휴대전화를 포함한다), 문자메시지, 소셜네트워크서비스(SNS) 등 각종 통신수단을 이용하여 업무에 관한 지시를 내리는 등 근로자의 사생활의 자유를 침해하여서는 아니 된다.

'이처럼 노동자의 사생활은 근로기준법상 엄격히 보장되고 있다'라고 적고 싶지만 아직은 희망사항일 뿐이다. 2016년부터 잇따라 발의된 퇴근 후 '카톡 금지법(근로기준법 일부개정법률안)'은 여전히 국회에 잠들어 있다.

프랑스에서 2018년부터 '연결되지 않을 권리' 법안이 시행되고 있는 것과 대비된다. 이 법안은 선언적 규정에 그친다는 한계가 있지만, 노동자의 사생활을 보장해야 한다는 데 사회적 공감을 이뤄냈다는 점에서 고무적이다. 실제 기업들은 어떨까. 유럽의 일부 기업은 업무 시간이 아닌 시간에 회사에서 이메일을 보내면 삭제한다고 한다. 또 업무가 끝나면 업무용 스마트폰의 이메일 사용을 중지하고, 다음 날 업무 시간 30분 전에 서비스를

재개한다고 한다.

국내에서 카톡 금지법의 입법이 시급한 과제인 것처럼 논의되고 있지만, 사실 본질은 다른 데 있다. 기업이 노동자의 연결되지 않을 권리를 인정하고, 노동자의 사생활을 보장하기 위한 내부 장치들을 마련한다면 카톡 금지법은 더 이상 필요하지 않을 것이다. 결국, 기업의 의지 문제다.

주말

연말정산 사이트

엥? 출력이 안 됐네.

삐삐삐 / 웅 / 웅 / 삐삐삐

꽃잎 씨,
프린트 종이가 떨어졌는데
어디 있지? 어, 그래그래.

비품실 가는 길
보시면···

뚝

아차차!

주말은 건들지 말자.

근로기준법에 이런 내용이 있었다니

— "근로"란 정신노동과 육체노동을 말한다.

그런데 업무상 스트레스는 왜 산재 인정 잘 안 해줘?

— 근로조건은 근로자와 사용자가 동등한 지위에서 자유의 사에 따라 결정하여야 한다.

그런데 왜 항상 근로자가 손해 보는 느낌이지?

— 사용자는 근로자에 대하여 남녀의 성(性)을 이유로 차별적 대우를 하지 못하고, 국적·신앙 또는 사회적 신분을 이유로 근로조 건에 대한 차별적 처우를 하지 못한다.

그런데 직장 내 성차별, 왜 이렇게 많지?

— 사용자는 폭행, 협박, 감금, 그밖에 정신상 또는 신체상의 자유를 부당하게 구속하는 수단으로써 근로자의 자유의사에 어긋 나는 근로를 강요하지 못한다.

그럼 비자발적인 야근은 뭐야? 이것도 강제 근로 아님?

주말 등산

— 음…. 주말에 갔던 곳 중에서

특별히 기억에 남는 장소를 꼽자면

소백산과 바다낚시, 사격장 정도?

특히 경기도에 있는 펜션을 자주 갔어요.

— 우와! 주말마다 가족과 놀러 다니기 쉽지 않았을 텐데

정말 가정적이시네요.

— 네? 회사 사람들과 간 곳만 말씀드린 건데요?

명절 선물

'하나씩'이라고….

주어 좀 빼먹지 마

주어 좀 빼먹지 마.

상사가 주어를 빼먹고 말할 땐 이렇게 대처하세요.

— 힌트를 주지 말고 "어떤 거요?"라고 되물으세요.
— 힌트를 주지 말고 상사가 알아서 말할 때까지
처다보면서 침묵하세요.

오지랖

진 대리!

이제 서른인데 슬슬 시집가야지.
만나는 사람은 있어요?

꽃잎 씨는 형제가
어떻게 돼요?

외동인데요.

부모가 무책임하네.
의지할 형제 하나는
만들어줘야지.

어휴!

넌 언제 월급값 할래?

월급값 어제 했는데요.

이젠 네가 월급값 할 차례.

조의금

응. 안 괜찮아.

만 원이 뭐야.

난 내가 알아서 할게.

미세먼지

혼자 가.

안마

잠시 후

부탁

일만 씨, 지금 많이 바쁜가?

아뇨. 말씀하세요.

내가 주말에 휴대폰을 바꿔서 예전에 쓰던 앱들을 다시 깔아야 되는데… 지금 많이 바빠요?

바쁘면 말하고~

어떤 앱 쓰셨는데요? 깔아드릴게요.

응. 뭐냐면~

까톡
네어
다웅
코레일
모바일결제
내비게이션
뉴스앱
그리고…

20분 후

설치 다 했습니다.

역시 젊은 사람이라 금방 하네.

근데 몇 개 더 깔아야 되는데~

응. 하나도 안 편해.

그거 부탁 아니고
갑질인데요?

　　업무상 상하관계에 놓인 상사와 부하 직원 간 '부탁'이라는 말
이 성립될 수 있을까? 아무리 사소한 부탁이라도 상사의 부탁은
부하 직원에게 명령이자 지시의 의미로 다가올 수밖에 없다. 직원
에게 안마를 시킨다든지, 자녀의 입시·유학 상담을 부탁한다든지
하는 행위는 상사가 자신의 우월적 지위를 이용해 아랫사람에게
갑질을 하는 것이다.

　　외국계 기업에 다녔던 지인은 직장 상사의 부탁(이 아닌 반강제
적인 명령)으로 상사 자녀의 영어 에세이를 수차례 손봤다고 한다.
아무리 엉터리로 내용을 써왔다 한들 지인은 쉽사리 지적하지 못
했다. "음, 잘 썼네요. 좋아요. 괜찮네요" 이 말을 무한 반복할 뿐이
었다. 중소기업에 다녔던 지인도 상사로부터 유사한 부탁을 받았
다. 얄궂게도 상사는 '시키는 게 아니고 부탁'이라는 점을 누차 강
조했다는데, 지인의 생각은 달랐다(물론 그 생각을 겉으로 내뱉진 못했
지만).

　　── 사장님이 부탁하면 그게 시키는 거지, 뭐예요?

이보다 더한 일도 벌어진다. 공익단체 직장갑질119가 뽑은 '대한민국 갑질대마왕'에는 갑질이 이렇게 다양할 수 있다니, 이래도 되는 건가, 싶을 정도로 천태만상의 갑질이 소개되어 있다. 직원에게 별장에 있는 닭과 개의 사료를 챙겨주라는 회장, 회사 청소 노동자에게 자신의 집을 청소시키는 부장, 가족이 운영하는 식당에서 숯불 올리는 일을 도우라는 사장 등등 누구 하나 합당한 부탁을 한 사람이 없다. 고로 상사가 사적인 부탁을 하거든 의심해봐야 한다. '이게 부탁이 맞나? 부당한 지시나 갑질은 아닐까?'

심부름 1

손도 없고 발도 없고 양심도 없기, 있기없기?

심부름 2

인성 끝판왕.

할부금

그땐 정말
미안했어

2008년 말, 기자가 되려고 들어간 직장에서 나는 짐승이 되었다. 4개월간 '수습(修習)' 기간을 거치는데 닦고 익히는 과정이 짐승 '수(獸)'의 삶과 다를 바 없다 하여 우스갯소리로 짐승이라 불렸다. 일과는 단순했다. 경찰서 기자실에서 먹고 자며 내가 맡은 구역에서 발생한 모든 사건 사고를 알아내야 했다. 자정쯤 회사를 출발해 경찰서로 향했는데(이게 출근이었는지 퇴근이었는지는 지금도 헷갈린다), 사수에게 두어 시간마다 때로는 분초를 다투며 실시간으로 취재한 내용을 보고했다. 대략 이런 대화가 오갔다.

— 수습 김효은, 지금 ○○경찰서입니다. 관내 사건 사고 보고하겠습니다.

— 어, 보고해.

— 오늘 오전 8시쯤 ○○역 인근 문구창고에서 불이 나 한 시간여 만에 꺼졌습니다. 다행히 인명피해는 없었습니다(군더더기 없이 간결하게 보고했다고 생각해 의기양양해지려는 순간).

— 그래서 야마˙가 뭐야?

— 네?(인명피해가 없는데 무슨 야마를 찾고 있어, 라고 당시 나는 생각했다)

— 야마가 있을 거 아냐? 출근 시간에 지하철역 인근에서 불이 나면 어떻게 될 거 같냐? 대피 소동 없었어? 그게 야마 아냐?

— 아…. 네, 맞습니다. 죄송합니다….

— 야, 이 XX야. 똑바로 안 할래?

이건 그나마 건전한 대화를 옮겨온 것이다. 아직 모르는 게 당연한 수습 기자를 교육하는 과정에서 불호령은 예사였고, 인권을 보장받지 못했다. 잠은 하루에 두어 시간 쪽잠을 잤다. 사수로부터 언제 전화가 올지 몰라 목욕탕에 갈 때도 휴대전화를 늘 손에 쥐었다. 사람이 악해서가 아니라 도제식 훈련이라는 미명 아래 기자를 길러내는 시스템이 문제였다. 그런데 그로부터 1년여 뒤 나역시 그 시스템의 일원이 되어 있었다. 같은 방식으로 후배 수습 기자들을 훈련한 것이었다. 돌이켜보면 그 방식을 굳이 고집할 일이 아닌데 그랬다. 잘못된 관습을 끊을 만큼 판단력이 올곧지 못했다. 오히려 충실했다. 다행히 2018년 7월, '주 52시간 노동 시간 상

---

* 기사의 주제를 뜻한다.

한제'가 도입되면서 언론사의 이런 관행은 폐지의 길로 접어들었다고 한다.

끝으로 자백의 시간. 4개월간 내 밑에서 고생했던 후배들에게 이 말을 전하고 싶다.

— 얘들아, 그땐 정말 미안했어. 가지 않아도 될 길을 갔어. 진심으로 미안해.

내가 네 개인비서야?

내가 네 개인비서야?

월급이 아깝다.

휴가 내도 될까요?

그래서 언제 가라고?

너 없어도 회사는
어떻게든 돌아가

몇 해 전 몸이 좋지 않아 7개월간 휴직했다. 선배들에게 조언을 구한 뒤 숙고 끝에 내린 결정이었다. 휴직할지 말지 깊이 고민했던 이유는 첫째, 내가 휴직하면 다른 누군가가 나의 업무를 떠안아야 한다는 부담감 때문이었고 둘째, 나의 경력이 꼬일까 봐서였다. 며칠째 결론을 내리지 못하고 휴직의 득실을 저울질하고 있는데 한 선배의 직관적인 한마디에 고민 폭파.

— 효은아, 너 없어도 회사는 어떻게든 돌아가.
— !!!!!!!!!!

평소 날 아끼는 선배였기에 나의 존재감을 폄훼하려는 의도가 아님을 잘 알고 있었다. 요지는 나의 휴직으로 인해 누군가가 그 업무를 대신하든 말든 사후의 일까지 신경 쓰지 말라는 것이었다. 업무 조정은 회사의 일이지 개인의 몫이 아니라는 말에 문득 해방감마저 몰려왔다. 선배는 경력 운운하는 나의 고민을 단번에 물리치기까지 했다.

— 네 몸만 생각해. 일단 몸이 건강해야 일이든 뭐든 할 수 있는 거야.

대번에 휴직을 신청했다. 그리고 7개월 뒤 복귀한 회사는 정말 '나 없어도 어떻게든 돌아가'고 있었다. 사람들은 이따금 과도한 걱정을 하는 게 아닌가 싶다.

— 휴직해도 되나?
— 휴가 가도 되나?
— 조퇴해도 되나?
— 퇴근해도 되나?

이제는 이 의문부호에 딸려오는 '안 되는 이유'에 과감히 빗금을 쳤으면 좋겠다. 빗금 친 영역은 회사의 영역이다. 어차피 할 거면 눈치 보지 말고 당당히 권리를 누리자. 나 없어도 회사는 어떻게든 돌아간다.

네 얘기만 해

네 얘기만 해.

응. 난 아니야.

연차 사유 알 바 아니잖아

제발, 네 알 바 아니잖아.

뭐가 그렇게 궁금해?

좋은 사람,
좋은 상사

회사 후배가 마지막 출근을 하는 날이었다. 그간 상대방의 시간과 공간의 영역을 침범하지 않는 것이 최고의 미덕이라 생각했기에 두터운 사이로 발전하진 못했다. 다만, 1년 넘게 매일같이 밥을 함께 먹었으니 야트막이나마 친분이 쌓였다고 말할 수 있겠다(라고 나만 생각하나). 빈손으로 보내기 아쉬워 약소한 선물을 들려 보냈다. 손글씨로 '그동안 고생했어. 앞으로 꽃길만 걷자'라는 당부를 적어서. 좋은 사람으로 기억되고 싶다는 말이 맴돌았으나 입 밖으로 나오진 않았다.

언젠가 한 선배가 해준 얘기다.

— 좋은 기자가 되는 것보다 중요한 게 뭔지 알아? 좋은 사람이 되는 거야.

김민섭 작가의 대리운전기사 경험담인 『대리사회』를 읽으면서 좋은 사람에 관해 다시 생각해본다. 그에 따르면 타인의 운전석에 앉은 '대리 인간'은 행위와 말과 사유를 통제당한다. 하지만 이따금 따뜻한 말 한마디로써 그들에게 손을 내미는 사람들이 있는데, 그 손길은 대리 인간을 주체로서 일으켜 세운다고 한다. 좋은 사람은 그런 사람이다. 회사라는 사무적인 공간에도 좋은 사람들이 있다. 예컨대 그들은 이렇게 말한다.

　　— 효은아, 가족 수술은 잘 됐니? 너와 가족을 위해 계속 기도할게.

　　— 많이 힘들었겠다. 지금은 괜찮아?

　이러한 문법은 타인의 삶에 비판적으로 관여하는 오지랖과는 다르다. 오직 좋은 사람만이 구사할 수 있다.

　내친김에 좋은 상사 얘기로 넘어가보자. 독자로부터 "한국에는 정말 좋은 상사들이 없는 건가요?"라는 질문을 받은 적이 있다. 다행히 스치는 얼굴들이 제법 있었다. 재촉하지 않고 성과를 낼 때까지 기다려주는 A 상사, 업무 분장을 잘하는 B 상사, 지속해서 동기를 부여하는 C 상사, 최종 결재권자의 불합리한 지시를 우산처럼 막아주는 D 상사, 책임을 질 줄 아는 E 상사. 불필요한 감정 노동을 최소화하고 일에만 집중할 수 있도록 해주었던 이분들이야말로 좋은 상사의 자질을 갖췄다고 생각한다.

　〈삼우실〉 만화에 달린 댓글들을 읽다 보면 이따금 독자들의 다짐을 접하게 된다.

　　— 내가 상사가 되면 저런 꼰대는 되지 말아야지.

　　나는 그 다짐이 어느덧 중간 관리자 연차가 되어버린 나와 수많은 미생들의 가슴에 오롯이 각인되길 바란다. 각자 건투를 빈다.

3부

좀 예민해도 돼

○ ○ ● ○ ○

노래방

오늘 여자들이 수고했으니까 남은 돈 다 가져가요.

맞아. 덕분에 도우미 비용 아꼈잖아.

뭐야, 우리가 무슨….

저, 대표님.

꼭 대기업 회장님 같으세요.

청찬 아닌데 왜 웃는 '거니'.

가해자가 없으면
피해자도 없다

— 그럴 때마다 여자가 할 수 있는 일은 아랫입술을 꾸욱 꾸욱 깨무는 것뿐이었다.

2018년 1월 29일 성폭력 피해 사실을 고발한 서지현 검사가 검찰 내부통신망 '이프로스'에 올린 글이다. 서 검사처럼 아랫입술을 꾹 깨물며 분통을 삭여왔을 피해자들의 숫자를 감히 헤아리기 어려웠다. 분명한 건 나도 그중 한 명이라는 것이었다.

오래전 일이다. 출입처(일종의 거래처) 관계자들과 기자들이 술자리를 가졌다. 2차로 간 노래방에서 누군가가 도우미 여성 두 명을 불렀다. 이 여성들을 제외하고 일행 중 여성은 나 혼자뿐이었다. 또렷이 기억나는 장면 하나. 떡이 된 남성이 도우미들을 끌어안은 건지 도우미들의 부축을 받은 건지 도통 모를 몸짓으로 위태롭게 서서 노래를 불렀다. 장면 둘. 출입처 관계자가 흥에 겨웠는지 훌러덩 바지를 내려버렸다. 아연실색한 그의 동료는 바닥에 끌리는 바지를 황급히 추켜올리더니 그를 택시에 밀어 넣었다. 어수선한 가운데 술판은 파장.

또 다른 출입처에서의 일이다. 기자들과 허물없이 지내는 사람이었는데 유독 손버릇이 고약했다. 대화 중 팔뚝을 주무르는가 하면 서슴없이 손깍지를 꼈다. 나에게만 그런 것은 아니고 습관성이었다. 계속 관망할 수는 없어 한번은 정색하며 따지고 들었다.

— 자꾸 그러시면 성희롱, 성추행으로 신고합니다?

그는 답을 하는 대신 멋쩍은 웃음을 지어 보였다. 얼마 후 내가 정기인사로 출입처를 옮겼기 때문에 그를 대면할 일은 사라졌지만, 그 웃음의 의미가 무엇이었는지(잘못을 깨우친 건지 아니면 모면하려는 수작인지) 여전히 궁금하다.

'미투(나도 고발한다)' 운동이 활발하게 전개되고 있던 즈음에 성교육 전문가로 유명한 손경이 관계교육연구소 소장이 회사에 와서 강연한 적이 있다. 그때 메모했던 성폭력 예방법은 다시 읽어 봐도 명언이다.

— 가해자가 없으면 피해자도 없다.

성폭력을 예방하려면 애당초 가해자가 문제 될 만한 행동을 하지 않으면 된다는 것이다. 만일 가해자가 문제 되는 행동을 한다면? 가해자의 상급자가 나서서 제지하면 된다. 그 상급자마저 묵인한다면? 주변 동료들이 문제를 제기하면 된다. 성폭력 피해자가 직접 나서는 건(옷에 남은 지문을 채취하거나 목격자의 증언을 확보하는 일 등) 최후의 수단이 되어야 한다.

성폭력 피해가 발생하는 동안 모든 사람이 선택의 갈림길에 선다. 가해자는 성폭력을 행할지 말지, 목격자는 제지할지 말지를 결정할 수 있다. 각자의 단계에서 옳은 선택을 한다면, 나의 선택을 다음 순번으로 미루지 않는다면, 성폭력이 되풀이되는 현상은 확연히 줄어들 것이다.

얼평

얼평(얼굴 평가) 안 하면 일상생활 불가능?

몸평

몸평(몸매 평가) 안 하면 일상생활 불가능?

#오빠

2차 호프집

꽃잎아, 앞으로는
편하게 오빠라고 불러.

네? 그래도 어떻게….

과장님,
저도 오빠라고
불러도 돼요?

어? 그래 뭐… 여동생 둘이나 생기고 좋네.

야! 닭다리 혼자 처먹지 말고 나도 좀 줘봐.

엉?

전 오빠랑 이렇게 대화하는데요?

'오빠' 같은 소리 하네.

오빠 같은
소리 하네

전화통화 막바지에 뜬금없이 꼭 '오빠' 소리를 듣길 원하는 사람이 있었다.

— 그래서 언제 오빠라고 부를 거냐?

평소 허물없이 지내는 사이라 가볍게 웃고 넘겼는데, 오빠 타령이 반복되니 점점 화가 쌓였다. 업무적으로 알게 된 상대방을 오빠라고 불러야 할 이유가 '1도' 없었다. 남매도 아니고, 남녀관계도 아닌데 웬 오빠? 참다못해 웃음기를 빼고 반문했다.

— 오빠는 무슨 오빠야? 오빠 같은 소리 하고 있네.

그 이후로 여태 연락이 없는 걸 보니 확실히 충격 효과는 있었던 모양이다(뭐, 어쩌겠어).

과일은
여자가 깎아야지?

전통적인 가부장제에서는 이 명제가 통용되었을 것이다. 여성이 가사노동을 전담했기 때문에 과일 깎기는 으레 여성의 일이었고, 남성보다 숙련도가 뛰어날 수밖에 없었다. '과일은 자고로 여자가 깎아야지' '과일은 여자가 깎아야 모양도 예쁘다'는 발상은 이런 시대적 배경에 기인한 것일 테다. 그런데 세상이 달라졌다. 여성이 경제활동에 참여한 이래 가사노동은 더 이상 여성의 전유물이 아니게 되었다. 그런데 변화의 흐름을 읽지 못하고 여전히 구시대적인 발상을 고집하는 자들이 곳곳에서 목격된다.

공공기관에서 일했던 지인이 실제 겪은 일.

사무실에 과일 상자가 들어왔는데, 이 과일을 누가 깎을지를 놓고 잠시 혼선이 빚어졌다. 중년의 남성 공무원이 비정규직 막내 여직원을 가리키며 과일을 깎으라고 지시했는데, 느닷없이 20대 남성 공무원이 끼어들었다.

— 제가 깎을게요.

그러자 중년의 남성 공무원이 노기 띤 얼굴로 남직원을 다그쳤다.

— 넌 그냥 앉아 있어. 과일은 ○○○(막내 여직원의 이름)가 깎아야지.

과일은 먹고 싶은 사람이 스스로 깎아 먹으면 안 될까. 먹고 싶은 사람이 다수라면 그중 잘 깎는 사람이 칼을 잡으면 될 것이다. 이 단순명료한 이치를 받아들이지 못하는 사람에게는 행동으로 보여주는 수밖에. 다음 그림을 참고하자.

과일은 누가 깎아?

자, 맛있게 먹어.

김과장 이야기 1

출근 전

김과장 이야기 2

며칠 후

상무님!

이 프로젝트
제가 따왔는데
왜 홍 과장한테
넘기셨어요?

힘들까 봐 일부러
생각해서 빼준 거지.
어차피 애 때문에
야근도 못 하잖아?

업무 시간에도 충.분.히.
할 수 있습니다.

그럼 미스 김이 홍 과장한테
다시 이야기해보든가.

또또 미스김
이라고 부르네.

극한직업 워킹맘.

워킹맘
이야기 1

출입처에서 하루 일과를 정리하고 퇴근하려는데 단독 기사가 떴다. '하필이면 왜 지금' 하는 생각이 들면서 해당 기사를 쓴 타사 기자가 원망스러웠다. 보도된 내용이 사실인지 확인하기 위해 출입처의 공보 담당자에게 전화를 걸었지만 받지 않았다. 아마 그도 사실관계를 확인하고 있을 것이었다. 끝내 연락이 닿지 않아 하는 수 없이 일단 집으로 왔다. 세 살 딸아이가 온몸으로 엄마를 반겼다. 그때 콜백이 왔다(하필이면 왜 지금!). 엉기는 아이를 떨쳐내고 화장실로 달려가 문을 잠갔다.

— 기자님, 제가 전화를 못 받았습니다.
— 괜찮습니다. 아시겠지만 기사(으앙~) 관련해서(엄마~) 확인을(쾅쾅 문 두드리는 소리)…. 죄송합니다. 아이가….

변기를 딛고 올라가 최대한 창 쪽으로 수화기를 기울였다. 아이가 내는 소리를 바깥 소음으로 상쇄해보려 했으나 소용이 없었다. 결국, 문을 열고 나가 삼자대면, 아니 삼자대화의 상황을 받아들이기로 했다.

　　── 공보관님, 그래서 이건 이렇고 저건 저렇다는 거죠? (엄마,
이것 봐봐. 엄마, 엄마, 엄마, 봐봐!) 잠깐만 조용히 해줄래? 말씀하세
요, 맞죠?

　　── 아, 네. 맞습니다.

워킹맘
이야기 2

　　임신했을 땐 '임신부 같지 않다'고 하더니, 육아휴직 후 복직했을 땐 '애 낳은 거 맞냐'고 묻는 분들, 그거 칭찬 아닙니다. 임신부 같은 건 뭔데요? 배가 작게 나왔건 많이 나왔건, 살이 쪘건 안 쪘건 모두 임신부의 모습이에요. 한 생명을 품고 있는 사람의 몸매를 왜, 무슨 권리로 평가해요? 대체 '애 낳은 몸'은 어때야 하죠? 임신했을 때 '축하해', 복직했을 때 '환영해'라고 말해줄 거 아니면 그냥 아무 말 마세요. 제 몸은 평가 대상이 아니에요.

생리휴가

상무님!!!

사진 찍어서 보내든가.
아니면 같은 여자인
김 과장한테
보여주든가 해.

얼마 후

아이고 배야~
계속 설사하네. 장염인가?

나 조퇴할 테니까
대표님이 물어보시면
장염 때문에
병원 갔다고 해.

저, 상무님….

이거 필요하실 거 같아서

146 / 147

변 좀 보여주시겠습니까?

하필이면
내가 처음이라니

2011년 즈음이었을 것이다. 남자 상사가 생리휴가라는 것이 있다고 하니 적극적으로 활용해보라고 권했다. 그간 생리휴가는 관념으로만 존재할 뿐 나의 실생활과는 상관없는 것으로 여겨졌다. 그런데 회사 선배가, 그것도 직속 상사가 권장하는데 쓰지 않을 수가! 곧바로 관련 부서 담당자에게 생리휴가 절차를 문의했다. 돌아온 답변에 나는 살짝 긴장하고야 마는데….

— 지금까지 보도국에서 생리휴가를 낸 사람이 없어서 저도 잘 모르겠어요. 알아보고 연락드릴게요.

— 네? 아, 네(하필이면 내가 처음이라니, 하필이면!!!).

그렇게 나는 우리 회사에서 생리휴가를 낸 1호 여기자가 되었다(이 영광을 저와 그 상사 분께 돌립니다).

여러분 모두
존버하세요

　우리 회사 '맏언니' 얘기다. 1993년에 입사한 선배는 단 두 명 뿐이었던 여기자 중 한 명이었다. 다른 한 명마저 회사를 떠나자 선배는 유일한 여기자가 되었다. 10년 후 후배 여기자가 들어오기 전까지 선배는 남성 중심의 조직 문화에 고립된 채 철저히 혼자였다. 바뀐 듯, 바뀐 게 아닌, 바뀐 것 같은 조직 속에서 햇수로 25년을 버텨냈으니 그야말로 '존버*정신'의 승리 라고 할 수 있다.

　선배가 문화부를 출입할 때의 일이었다. 일반적으로 기자들은 최소한 1년마다 출입처를 옮긴다. 그래야 모든 구성원이 출입처를 다양하게 경험할 수가 있다. 이 기간이 지났음에도 출입처 변동이 없자 선배가 상사에게 물었다.

　　— 문화부를 떠나 다른 출입처에서 일해보고 싶습니다.
　　— 그럼 문화가 소식은? 문화가 소식을 여자가 해야지, 어떻게 남자가 해.

---

*　X나게 버티기의 줄임말.

당시 정치·경제·사회 뉴스와 같이 무겁고 엄중한 뉴스 보도는 남기자들의 몫이었다. 상대적으로 연성 뉴스인 영화·공연 등 문화가 소식을 전하는 일은 자연스럽게 여기자의 역할로 인식됐다. 남존여비의 시대에서 기자는 '여자의 얼굴을 하지 않았다'.

수십 년이 지난 현재, 선배는 아침뉴스 앵커를 맡고 있다. 여기자로선 전례 없는 일이다. 25년을 버텨냈기에 가능했던 일이 아닌가 싶다. 이번에 사전을 찾아보고 나서야 알게 됐는데, 이 '버티다'라는 말이 꽤 의미심장하다.

— 어떤 대상이 주변 상황에 움쩍 않고 든든히 자리 잡다.

이토록 미래지향적인 뜻이라니. 그런 의미에서….

— 여러분, 모두 존버하세요. 버티면 세상은 바뀝니다.

4부

직장생활 호신술

○ ○ ○ ● ○

지각

그날 새벽 나는 보았다
가장 정직한 지각을

예컨대 이런 것이다. 수습기자가 경찰서에서 자다가 새벽 3 시 반쯤 일어난다. 경찰서 네 곳을 취재하고 새벽 5시에 첫 보고를 한다. 간혹 알람을 놓쳐 하루를 늦게 시작하는 경우가 있는데, 크게 동요할 필요는 없다. 노하우가 쌓이다 보면 경찰서 한 곳을 덜 갔어도 다녀온 척 연기를 할 수 있게 된다.

　— ○○경찰서 상황 보고해봐.
　— 네. 특이사항 없었습니다.

수습 기자들이 저마다의 생존법을 터득하는 와중에 '그 사건' 이 발생했다. 수습 동기가 늦잠을 자느라 보고시간을 놓쳐버린 것이었다. 새벽 5시가 넘도록 아무런 연락이 없자 사수가 직접 전화를 걸었다.

　— 야, 너 어디야?
　— (!!!!!!!!!!!!!!!!) 이, 이불 속입니다….

— 뭐? 어디?

— ○○경찰서 기자실 이불 속입니다. 죄송합니다.

그날 동기는 사수로부터 호되게 깨졌지만, 그 정직함만은 높이 평가받았다고 한다.

누가 희생할래?

누가 희생할래?

주로 막내가 희생되었다고 한다.

커피

열흘 뒤

하루 전

먹었으면 돈을 내.

내 물건은
공공재가 아닙니다

　내 물건을 공공재로 여기는 사람들을 보면 당황스럽다. 차라리 내게 와서 "이것 좀 써도 될까, 잠깐 빌려줄 수 있니" 하고 물어본다면 기꺼이 빌려줬을 것이다. 하루는 출근했더니 책상 위에 올려두었던 마우스가 사라지고 없어 한참을 찾았다. 공연히 옆자리 동료를 의심했다가 '내가 집에 두고 왔나' 하는 생각으로 나를 의심하던 찰나에 누군가가 나를 향해 걸어왔다. 간밤에 당직을 섰던 선배였다.

　　— 내가 좀 썼어.

　마우스를 쑥 내밀고 돌아서는 뒷모습을 보고 있자니, 지난 30분간 애태운 게 무척 억울했다(메모라도 남겨놓지, 괜히 시간 낭비했잖아).

　마우스뿐만이 아니다. 멀티탭에 꽂혀 있던 휴대폰 충전기가 다음 날 출근해보면 사라졌다거나, 서랍에 숨겨놓았던 전기면도기가 버젓이 책상 위에 올려져 있더라는 소식이 왕왕 들려온다. 심

지어는 A구역에 있던 실내화가 B구역에서 발견되기도 한다(나도 오래전 숙직할 때 한 번 남의 실내화를 신은 적이 있으나, 알고 보니 주인을 잃고 버려진 실내화였다. 어찌 됐든 반성합니다). 온라인 커뮤니티를 보니 직장에서 남의 콤팩트를 몰래 꺼내쓰는 사람도 있었다. 글쓴이는 '너님이랑 피지를 공유하고 싶지 않거든'하며 분노했는데, 위생적인 측면을 고려하더라도 글쓴이의 주장은 백번 옳다. 사람뿐 아니라 그 사람의 물건을 대할 때도 예의가 필요하다.

도시락

꽃잎 도시락

응? 잘못 들었나?

양만 좀 늘리면 되잖아. 그럼 부탁할게.

어떡해요. 진담인 것 같은데….

…

다음 날 점심시간

용히 씨, 오늘 내 도시락 반찬은 뭐야?

제가 제일 좋아하는 걸로 싸와봤는데.

고수 밥이오.

단톡방 1

다음 날

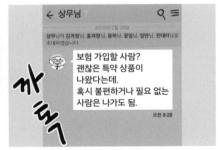

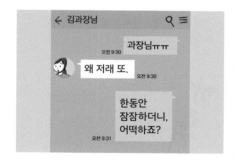

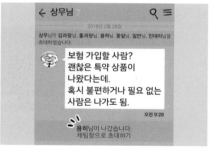

용히님이 나갔습니다.
채팅창으로 초대하기

단톡방 2

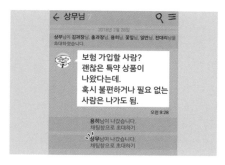

☑	삭제	완전삭제	스팸처리
☑ ★	**상무**	**보험 필요한 사람은 참고**	
☐ ★	무한고기	견적서 관련	
☐ ★	호호쇼핑	피드백입니다.	

○○○ 님이
나갔습니다

　　업무와 관계없는 단톡방에 초대됐다. 초대한 사람은 회사에서 나름 '지체 높으신 분'. 특정 정보를 공유하기 위한 방이라며 불편하거나 원하지 않는 사람은 나가도 좋다고 했다(불편을 예상했다면 초대하질 말았어야죠). 일단 알람을 꺼놓고 언제 탈출하면 좋을지 눈치 게임을 하고 있는데 문득 패기 넘치는 문장이 올라왔다.

　　— ○○○ 님이 나갔습니다.

카톡 배달 사고

다들 조심하세요.

카톡 배달 사고에
대처하는 법

"사장님 짜증 나" 회식 자리에서 사장을 욕하는 문자를 친구에게 보낸다는 것을 실수로 그만 사장에게 보냈다면? 늦은 시각에 사장님이 자신만 찾는다는 허세를 부리고 싶어 그랬다고 둘러대는 방법이 있겠다. 작사가 김이나 씨가 친구의 사과문을 대필해줬다면서 한 방송에서 공개한 일화인데, 대다수 상사가 그냥 넘어갔다고 한다. 그런데 이 방법은 단점이 있다. 순간의 위기를 모면할 수는 있어도 착각의 늪에 빠진 상사가 같은 패턴으로 당신을 괴롭힐 수 있다는 점이다. 차라리 이럴 땐 정공법이 낫다. 다만, 왜 짜증이 났는지 설득력 있게 설명해야 한다. 불가피한 사정이 (없으면 지어내서라도) 있었음을 강조하자.

— 오늘 어머니가 편찮으셔서 집에 빨리 들어가 봐야 하는데 회식이 끝나지 않아 언니에게 보낸다는 걸, 실수로 사장님께 보냈습니다. 마음이 급했나 봅니다. 정말 죄송합니다.

손톱

안 그래도 김 과장님이
정중하게 집에 가서
하시라고 말씀드렸는데도
계속하더라고요.

2주 후

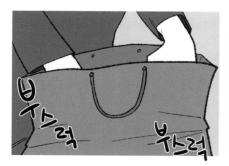

한 줄 평가

저런 사람들이 정말 존재한다는 게 믿기지 않아. (t****)

회사에서 그럴 거라곤 상상도 못 한 일인데. (w****)

아, 정말 극혐이네요. (m****)

핵공감! 이것 때문에 퇴사했어요 ㅋㅋㅋ. (n****)

저 소리 때문에 속 안 좋고 짜증 나고. (s****)

도대체 주말 동안 뭐하다가? (k****)

아침에 출근해서 그 소리 들리면 더러워죽겠음. (f****)

이건 진짜 개념 없음의 문제임. (s****)

— 사무실에서 손톱 깎는 분들은 참고하세요.

치약

다음 날

자, 마음껏 써.

개인 심부름

1시간 후

1시간 전

개인 심부름 좀 시키지 마.

무례하고 몰상식하고
곤란한 부탁을 받았을 때 (상)

3위 ── 하는 김에 내 것도 같이 해줄 수 있어? 금방 하지?

2위 ── 오빠라고 불러봐.

1위 ── 결혼한 지 꽤 됐는데 언제까지 공밥* 먹을 거야? (언제 애 낳을래?)

---

* 제값을 치르지 않거나 일을 하지 아니하고 거저먹는 밥.

거절한 썰 (하)

3위 — (몇 번 응하다가 고질적으로 반복되면) "제가 바빠서 어려울 것 같습니다" 하고 거절한다.

2위 — "오빠 같은 소리 하고 있네" 하고 대꾸한다(그리고 연락 두절된 건 결코 내 탓이 아님).

1위 — 말문이 막힘.

보고서

주말 전화

용히네 집

어쩐긴. 당연히 안 되지.

이렇게까지
야비하게 살아야 하나

　한 독자가 아주 요긴한 방법을 일러주었다. 주말에 상사로부터 잦은 전화가 걸려오면 휴대폰을 알루미늄 호일로 말아버린단다. 호일이 신호를 차단해버려 서서히 전화가 끊기는데, 상대방은 단순히 배터리가 없는 줄로만 생각한다는 것이었다. 그래서 집에서 직접 실험해봤더니 이게 웬걸? 통화 연결 후 정말 5초도 안 돼 전화가 끊겼다. 인터넷 검색을 해보니 엘리베이터를 타면 수신이 끊기는 원리와 같다고 한다. 전자파가 들어오지 못하게 호일이 실드 역할을 한다는 것이다. 독자의 말마따나 '이렇게까지 야비하게 살아야 하나' 싶겠지만, 주말을 건드리는 야비함에 비하면야 이 정도는 애교가 아닐는지.

이어폰

누가 회사에서 이어폰을 껴?
여기가 자기들 안방인 줄 알아.

예?

영상 편집하려고 이어폰 꼈는데
딴짓하는 줄 아시더라고요.

전 지난번에 이어폰 끼고 음악 듣다
혼났어요. 음악 들으면서 일하면
집중 잘 돼서 좋은데….

며칠 후

좋아. 자연스러웠어.

목욕탕

누구긴.

방귀

매일 방귀 소리 듣는
직장인의 이행시

방 : 방음벽 좀 설치해주세요.

귀 : 귀가 오염되고 있습니다.

식사 예절

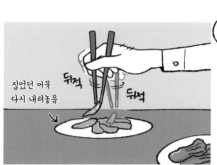

집었던 어묵
다시 내려놓음

뒤적
뒤적

다 같이 먹는 음식인데
자꾸 뒤적뒤적 하는 건
좀 아니지 않아요?

어차피 끓이면서
먹는 거라
소독된다잖아요.

말이야
방구야

얼마 후

상무님, 그냥 드실 거죠?
전 덜어먹겠습니다.

저도.

근데 용히 씨는
왜 마스크를 했어?

남의 밥그릇을 치우는 일

회사 당직을 서는 날엔 저녁을 배달시켜 먹었다. 최고 연차, 중간 연차, 막내가 한데 둘러앉아 식사하는데 상사마다 끝마무리가 달랐다. 제 도시락에 수저를 들어 넣은 상태로 뚜껑도 덮지 않고 일어서는 상사, 뚜껑만 덮고 일어서는 상사, 뚜껑을 덮고 도시락을 비닐봉지 안에 개어 넣기까지 하는 상사. 막내라면 누구나 후자 쪽을 선호할 것이다. 남의 밥그릇을 치우는 일이 귀찮아서가 아니라 존중받는 느낌이 고마워서다. 상사가 나를 '잡무 처리반'쯤으로 여기지 않고 동등한 인격체로 대우하는 순간 나는 그를 사람으로서 존경하게 된다.

고기

꽃잎 씨, 오늘은 잘 좀 구워봐.

어? 탄다 탄다.

아직도 고기 굽는 게 서툰 거 보니 꽃잎 씨가 진짜 곱게 자라긴 했나 보네.

구워주는 거 받아먹기만 했죠?

곱게 자란 게 아니라 고기를 못 먹고 자란 거 아니야?

다음부턴 고기 많이 먹어보고 굽기도 잘하는 사람으로 뽑으시죠.

용히 씨가 좀 구워봐요. 자리 바꿔서.

탄 건 버리고 고기 새로 올려.

저, 근데 잠시 화장실 좀….

10분 후

왜 이렇게 안 와? 일단 홍 과장이 굽고 있어봐.

아, 예예.

잘 먹을게.

고기 굽는 팁

잘 굽는 사람이 구우면 됩니다. 끝.

#옷

며칠 후

같은 옷
다른 색깔

많이 젊어 보여?
그냥 평소 입던 대로 입은 건데.

근데 대리님⋯.

요새 OO 브랜드 세일하던데 얼마 주셨어요? 만 원? 이만 원?

저보다 싸게 샀겠네요!

너도 좋지? 싼 맛.

험담

그럼 시안 나오는 대로 연락드리겠습니다.

아까 걔 머리 봤냐?

자다 일어났는지 머리가 뻗쳐 있는데도 모르더라. 그게 다 노처녀라 그런 거야.

혼자 사니까 아무도 말을 안 해주지. 근데 그렇게 생겨서 어디 시집이나 가겠냐?

점심식사 후

퇴근 시간

치약자국

네 얼굴 보면서 해.

\# 외제차

실내주차장

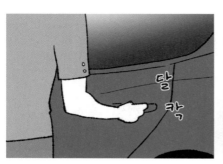

사무실
실내화

왜? 귀찮잖아.

과유불급

'외제차' 만화와 관련해 댓글 논쟁이 벌어졌다. '상사가 유난 떤다'는 의견과 '차량 탑승 예의는 지켜야 하지 않느냐'는 의견이 충돌했다.

— 눈치 주고 뭐라 할 거면 태우지를 말든가 시켜 먹든가 왜 스트레스를 받게 하나.

— 남의 차 탈 때 신발 좀 터는 거랑 문 세게 안 닫는 건 예의다.

둘 다 일리가 있는 말이었다. 하지만 '에어컴프레서로 신발을 터는 게 언제부터 기본적인 차량 탑승 예의였나'라는 한 독자의 지적처럼 지나침은 미치지 못함과 같다(심지어 신발을 들고 탄 사람도 있었으니).

종종 호의를 베풀면서 과도한 요구를 당연시하는 사람들을 본다. '기껏 생각해서 맛있는 거 사줬더니 왜 팍팍 안 먹고 적게 먹느냐'고 질타하는 식이다(저기요, 너한테만 맛있는 건 아니고요?). 그러니까 상대방을 위해서가 아니라 당신의 욕구를 충족시키기 위한

호의라면 차라리 베풀지 마시길. 그런 생색내기식 호의는 달갑지
않다.

5부

할 말은
하고 삽니다

○ ○ ○ ●

술자리

금오일 밤

월요일

잘했어, 꽃잎 씨.

하고 싶은 말을
잘하는 법

일본 심리학자 나이토 요시히토의 『만만하게 보이지 않는 대화법』을 보면 곤란한 부탁에는 싫다고 분명히 말하라는 대목이 나온다. 다만, '거절은 상대의 체면을 깎아내리고 심리적으로 상처를 입히는 행위'이기 때문에 살짝 역제안을 하면서 거절해야 상대방의 반감을 줄일 수 있다고 한다.

직장생활 5년이 채 안 됐을 때 싫다는 의사를 과격하게 표현했다가 후회막급했던 경험이 있어서 거절 화법의 중요성을 잘 안다. 당시 내부 온라인 공간에 비효율적인 업무 지시를 신랄하게 비판하는 글을 올렸는데, 선배들이 노발대발한 건 물론이고 나 자신조차 내 표현 방식의 당위성을 설명하기 어려웠다(대체 그때 내 전두엽에 무슨 일이 있었던 거지). 서로 충분히 대화를 통해 해결할 수 있는 문제였는데 섣부르게 접근하는 바람에 역효과만 가져왔다. 나를 편 들어줄 사람이 없었다.

이제는 꽤 노련해져서 내가 하고 싶은 말과 상대가 듣고 싶어 하는 말을 적절히 섞을 수 있게 되었다. 내가 원하는 것을 얻고 싶을 땐 먼저 이렇게 말해보자.

— ①원하는 것을 말한다.

— ②상대가 듣고 싶어 하는 말을 한다.

가령 이런 식이다.

— ①저 이번 휴가는 2주 정도로 길게 다녀오겠습니다.

— ②대신 가기 전에 맡은 일은 다 끝내고 가겠습니다. 재충
전하고 와서 열심히 하겠습니다.

앞서 휴가 낼 때 눈치 보지 말고 당당히 권리를 누리자고 했
는데, 그래도 눈치가 좀 보인다면 이런 식의 조건부 문장을 덧붙이
자. 한결 마음이 평온해질 것이다.

내 일은 내가, 네 일은 네가

내 일은 내가, 네 일은 네가.

내 일 좀 하게 해주세요.

우리 모두
'팩트 폭격기'가 됩시다

오죽하면 이런 제목의 책이 나왔을까 싶다. 김불꽃 작가가 쓴 『예의 없는 새끼들 때문에 열받아서 쓴 생활 예절』 얘기다. 목차를 살펴보니 가정과 회사에서 지켜야 할 에티켓을 환기하는 내용이다. 그런데 이 에티켓의 어원이 흥미롭다. 고대 프랑스어의 동사인 '붙이다(estiquer)'에서 유래했다는데, 더 정확히는 '나무말뚝에 붙인 표지'가 에티켓의 본뜻이라 할 수 있다. 프랑스 궁정에서는 정원에 함부로 들어가는 사람들 때문에 정원이 훼손되는 일이 잦았다. 그때 정원 관리인이 생각해낸 방법이 표지를 붙이는 것이었다.

— 출입금지 : 들어가지 마시오.

에티켓은 상대방의 마음속 정원을 훼손하지 않는 것이다. 존중해주는 것이다. 하지만 직장생활을 하다 보면 종종 선을 넘고 금을 밟는 사람들이 있다. 남의 일에 지나친 관심을 두는 '오지라퍼'가 대표적이다. '왜 연애 안 해?' '왜 결혼 안 해?' '왜 애 안 낳아?' 그들의 기준에서 볼 때 마땅한 의무를 이행하지 않았다는 이유로 나는 부지불식간에 죄인이 된다(의문의 1패). 직장 상사들이 갑질인 줄도 모르고 생각 없이 내뱉는 말이 상처로 남기도 한다.

나이토 박사는 『만만하게 보이지 않는 대화법』에서 상처받았다면 무심코라도 웃지 말라고 조언했다. 무례한 말을 들었을 때 반드시 되돌려줘야 다시는 싫은 말을 듣지 않게 된다는 것이다. 실생활에 응용할 수 있는 대처법이 있어 소개한다. 〈삼우실〉 독자의 실제 사례다.

— ○○ 씨가 더 잘하잖아. 잘하는 사람이 해야 업무 효율성이 좋지.
— 그럼 제가 월급 더 받아야겠네요?
— 요즘 일 없어서 한가한데 월급 좀 깎아도 되겠어?
— 그럼 일 많을 땐 월급 더 주실 거죠?

훗날 이분은 회사 사장님으로부터 '팩트 폭격기'라는 별명을 얻고, 신입사원들 사이에서는 교주처럼 떠받들어지는 존재가 되었다고 한다(멋져요, 팬이에요).

감히 '나님'을 건드려?

가끔 이런 생각을 해요. 서른다섯 살의 내가 스물여덟 살의 나를 보면 너무 안타까워할 것 같다는 생각이요. 지금도 만약 스무 살의 나로 돌아간다면 '너무 그럴 필요 없어' 이렇게 얘기해주고 싶거든요.

— 백세희 『죽고 싶지만 떡볶이는 먹고 싶어』

미래를 위해서 현재를 희생하지 않았으면 좋겠다고요. 암튼 그냥 우리 나이답게 즐겁게 살았으면 좋겠다고요, 자신을 사랑하면서.

— tvN 드라마 <김비서가 왜 그럴까>

스물넷에 직장생활을 시작했으니 시행착오를 겪은 지 올해로 11년째다. 나는 내가 시간의 흐름에 따라 좀 더 단단해졌다고 생각하지 않는다. 외려 나는 물러졌다. 대충 살기로 작정한 순간부터 긴장했던 마음이 조금씩 누그러졌다. 1년을 하루 단위로 쪼개 365일간의 계획을 철저히 세웠던 내가 인생은 계획대로 흘러가지 않는다는 것을 깨닫고 결심한 것이 바로 '대충 살다 가자'였다. 그런데 이런 불순한(?) 의도를 품고 보니 역설적으로 좋아하는 것들이 선명해지기 시작했다.

    — 아, 나는 사회과학 서적보다는 소설을 더 좋아하는구나.
    — 나는 뉴스만 좋아하는 줄 알았는데 예능을 더 좋아하는구나.
    — 나는 사람 만나는 것보다 혼자 있는 시간을 더 좋아하는구나.

    나는 라면을 안 먹는다. 왜? 맛있어서. 콜라도 안 마신다. 왜? 맛있으니까. 맛있으면 몸에 안 좋은 걸 알면서도 계속 먹게 되니까 미리 싹을 잘라버리는 것이다. 직장생활 초반의 내 삶도 그랬던 것 같다. '기자라면 응당 이래야지'라는 어쭙잖은 생각으로 내가 좋아하는 것들을 누르며 살아왔다. 백세희 작가의 표현을 빌리자면 '너무 그럴 필요 없어'라고 얘기해주고 싶을 정도로(라면 그거 좀 먹으면 뭐가 어때서!).
    직업이나 직장을 위해 자신을 희생하지 않았으면 좋겠다. 그냥 나답게, 너답게, 우리답게 즐겁게 살았으면 좋겠다. 자신을 사랑하면서…. 자신을 사랑하면 용기가 솟는다. 그런데 이것만큼 좋은 직장생활 호신술이 없다. 직장에서 벌어지는 온갖 무례하고 부당하고 불편하고 불쾌한 상황에 대처할 수 있는 최고의 직장생활 호신술은 바로 나 자신을 사랑할 줄 아는 용기다. 자기 자신을 사랑해야 나를 함부로 대하는 사람들에 당당히 맞설 수 있다.

— 어떤 상사 새끼가 귀하신 '나님'을 건드려? 내가 얼마나 소중한데.

용히 이야기

주인공 용히

제가 원래부터
사이다
성격이었던 건
아니에요.

적잖은 회사와
사람들을
거치면서
조금씩
깨달았죠.

에필로그 1

— 독자 : 사회 초년생인 저는 용희처럼 할 수 없는 저의 성격을 탓하게 돼요.

— 나 : 독자님이 할 수 있는 만큼 아주 조금씩이라도 '아닌 건 아닌 거다'라고 용기 내어 말할 수 있기를 응원하겠습니다. 그리고 그렇게 저항하지 못했다 하더라도 절대 좌절하지 마세요.

— 독자 : 마지막 말씀이 정말 많이 와닿아요. 감사합니다.

누구나 직장에서 용희가 되기를 꿈꾼다. 물론 쉽지 않다. 나 역시 직장에서 항상 용희일 수만은 없었다. 때로는 꽃잎이었고, 때로는 일만이었다. 하지만 겹겹의 시간 속에서 깨달았다. 용기 내어 말하지 않으면 아무것도 바뀌지 않는다는 걸.

사람이 독서를 하는 것은 의문을 던지기 위해서라고 프란츠 카프카는 말했다.

— 내가 당한 게 갑질인가?
— 이럴 때 남들은 어떻게 대처할까?
— 그렇다면 나는 어떻게 행동할 것인가?

지금껏 당연한 듯 어쩔 수 없는 것으로 여겨왔던 모든 무례함에 관하여 이 책이 여러분에게 의문을 던지는 작은 출발점이 되기를 바란다.

지난 1년간 용희로 살아서 행복했다. 그리고 앞으로도….

2018년 10월
김효은

에필로그 2

부당한 일을 당하고도 '직장이니까'라는 한마디로 참고 넘어가는 경우가 많다. 인터넷에 직장생활 이야기를 조금만 검색해봐도 '이거 화내도 될 상황인가요?' '내가 너무 예민한 건가요?'라고 물어보는 글들이 정말 많다. 나 또한 직장이 아닌 일상에서 겪었다면 바로 시시비비를 따졌을 일인데도 상사라는 이유로 당황하거나 말문이 막혀서 그냥 넘어간 일이 계속 생각나서 괴로웠던 적이 있다. 인터넷 커뮤니티에 본인이 너무 예민해서 그런 건지, 아니면 화를 내도 되는 상황이었는지 물어보는 글들을 보고 있자니 남의 일 같지 않다. 아마도 이렇게 공개적으로 의견을 묻는 이유는 나의 분노에 공감해줄, 나의 슬픔을 위로해줄 사람이 필요했기 때문이

리라.

　웹툰 〈삼우실〉이 이 정도로 많은 사랑을 받은 건 슬프게도 모두의 공감이 모인 결과이다. 에피소드마다 '이거 제 이야기예요!'라는 댓글이 수두룩하게 달린다. 과거에 비해 업무 환경이 점점 좋아지고 있다는데, 아직도 이렇게 당하는 사람들이 많은 이유는 왜일까?

　1990년대 여성 직장인의 현실에 대해 만화로 그리던 한때 존경하던 만화가는 현재 강단 내 성희롱 발언으로 공개 사과를 했다. 그때는 보이던 게 지금은 안 보이는 걸까?

　그때는 맞고 지금은 틀린 사람이 되지 않기 위해 우리는 계속 노력해야 한다. 바뀌어가는 위치에 안주해 또 다른 꼰대가 되지 않기 위해 사소한 잘못에도 창피해하고 미안해해야 한다.

　〈삼우실〉 계정으로 쏟아지는 수많은 갑질 사연들을 보면 여전히 한숨이 나온다. 함부로 대하는 사람들 때문에 더 이상 마음고생 하지 말고 한 번쯤은 '용히'처럼 할 말은 시원하게 할 수 있기를. 오늘도 사무실에서 눈치 보느라 바쁜 수많은 꽃잎이와 일만이를 응원한다.

2018년 10월
꼰대가 안 되도록 노력하고 있는 직장인, 강인경

독자의
추천사

직장생활 하이퍼리얼리즘 짠내 블록버스터!! 이 책을 읽는 모든 분들의 마음을 시원하게 해드립니다. – sozo_0220

상사 책꽂이에 몰래 꽂아두고 싶은 책. – idtheme

직장 생활이든 인간관계든 무조건 착하다고 좋은 게 아니라는 사실. 곤란한 부탁에 현명하게 대처할 수 있는 인생 호신술이 여기 있으니 반드시 알아두자. – haneul_yjw

직장인의, 직장인을 위한, 직장인에 의한 웹툰! 직장인들의 답답한 속을 시원하게 뻥 뚫어주는 사이다 백만 잔 같은 웹툰! 이것을 보지 않는 자 오직 직장 상사들뿐!
 – say1000425

독자의 추천사

살면서 강제로 먹게 되는 고구마, 감자, 노른자들을 한 번에 소화시켜주는 〈삼우실〉 당신은 도대체⋯. 이 책은 모든 사회인들이 하나쯤은 갖고 있어야 할 소화제가 될 거예요. 감사합니다, 작가님.

- _namhi2

직장상사의 스트레스에 시달리는 사람들이 공감하며 읽을 수 있는 책. 더불어 구시대적인 악습에 물들어 있는 사람들과 여전히 부하직원과 노예의 개념을 혼동하고 있는 이 시대 수많은 꼰대들이 읽어야 할 책이다. 당신이 만약 이 책을 읽으면서 '이렇게까지 하는 건 너무하지 않나?' '이 정도는 해줄 수 있는 것 아닌가?' 아니면 '요즘 시대가 너무 야박하고 싸가지 없다'는 생각이 든다면, 부디 당신의 왜곡된 유교적 가치관을 타파하고 인간의 존엄성을 존중할 줄 아는 마음을 가질 수 있기를 간절히 부탁드리는 바이다. 나는 이 책이 널리널리 읽히기를 바란다. 특히 목이 곧아버린 교만하고 멍청한, 이 시대 수많은 꼰대들이 꼭 읽어야 한다. 대한민국의 모든 직장상사들에게 이 책이 필독서가 되기를, 나는 간절히 바란다.

- areumdaum1

사무실이란 공간에서 나는 오직 숙여야만 하는 사람인 줄 알았는데, 〈삼우실〉을 보고 나서 할 말은 할 수 있는 사람으로 변하고 있는 것 같다. 현실의 사무실에서 바로 적용하기에는 아직 어렵지만, 조금씩 변화하고 있다는 것!

– hhhhhh.rim__

부당하지만 참아야 한다고 생각한 선입견을 완전히 바꿔준 웹툰. '넌 잘못된 게 아니야' '넌 예민한 게 아니야'라고 처음으로 위로해주고 공감해주었다.

– dal_ny

와, 이렇게 현실적이기 쉽지 않다. 우리 사회에서 공공연하게 일어나는 일들을 그대로 보여주는 작품. 이 책을 펴는 순간 시간가는 줄 모르고 빠져들 것이다. 속는 셈 치고 읽어봐라! 마치 내 사무실을 그대로 옮겨 놓은 것이 아닌지 잠시 혼란스러울 수 있으니 주의할 것!

– gogeonhui

독자의 추천사

랜선 동료 '용히 씨'와 함께 하는 잠깐의 시간이 직장생활에 큰 활력이 돼서 놀랐다. 속으로 몇 번이나 생각했던 사이다 같은 행동들을 대신 척척 해내는 용히 씨를 보니, 대신 복수를 해준 것 같아 마음이 후련했다. 직장툰 중 단연코 최고의 공감툰이다!

- kimgamsa_joy

『미생』 다음 읽어야 할 책. 완생으로 살아가야 할 당신에게 추천한다. 회사생활에는 나이가 많든 어리든 꼰대가 있다. 주니어, 시니어 상관없이 이 책을 읽고 깨닫기를 바란다. 이 책은 부당한 상황에서도 혹시나 피해가 올까 봐 움츠러들지 않고 용기있게 말할 수 있게 힘을 주었다. 나도 맨날 노래방에 끌려가다가 한 번 싫다고 말한 후 저녁이 있는 삶을 되찾았다. 자신의 삶은 자기가 만들어 나가는 것이다. 모두 힘내자!

- samba_secret

회사생활은 이 책을 읽기 전과 읽고 난 후로 나뉩니다. 너무 과장된 말 같다면 읽어보세요. 등 한가운데를 손으로 시원하게 긁는 느낌!

- iknow_h22

사회생활 대처법에 미흡한 사회초년생들을 위한 책이자, 바뀐 시대에 적응하지 못하는 상사들에게도 큰 도움이 될 책이다.

- junghwa_p

대한민국의 모든 직장인들이 당당히 제 목소리를 내는 '용기' 있는 '히어로', 사무실의 '용히'들이 되기를 바라기에 이 책을 추천합니다.

- hyelume

'사회생활 원래 다 그런 거야' '다 그렇게 참고 사는 거야'라는 말만 듣고 지내다 마음의 병을 얻을 뻔한 저에게 이 책은 상비약 같은 존재입니다. 면역력을 쑥쑥 키워줍니다.

- u.uu.blu

삼 : 삼자가 봤을 때 웃긴 글이지만

우 : 우리가 겪고 있는 일

실 : 실화들

- cho_thegreatest

독자의 추천사

서러운 직장 생활 속에서 혼자가 아니라는 위로. 나와 같은 랜선 동료들이 이렇게 많다는 사실에 힘을 얻어 오늘 하루도 견뎌내게 만들어줍니다. '더 열심히 살아서 먼 훗날 내가 상사가 되면 저런 꼰대는 되지 말아야지' 하고 다짐하게 하는 책!

- kimgahye

'허허, 나 정도면 개방적인 직장 상사가 아닌가?'라고 생각하고 있는 당신이 지금 당장 읽어야 할 책!

- tweetya_20

대한민국 회사들의 수준을 묻거든 이 책을 보게 하라.

- snoopy_go05

꼰대 예방 백신.

- M *****

참고문헌

37쪽 | 허혁, 『나는 그냥 버스기사입니다』, 수오서재(2018.5)

60쪽 | '우리 사회 직장내 괴롭힘 실태', 국가인권위원회(2018.2)

68쪽 | 'SNS가 침범한 경계 없는 노동 시간', 경향신문(2018.1.11)

82쪽 | 김연수, 『소설가의 일』, 문학동네(2014.4)

61, 101쪽 | '대한민국 갑질대마왕' 외, 직장갑질119(2018.5)

115쪽 | 김민섭, 『대리사회』, 와이즈베리(2016.11)

124쪽 | '…서지현 검사, 또 다른 성폭력도 폭로', 경향신문(2018.1.30)

230, 234쪽 | 나이토 요시히토, 『만만하게 보이지 않는 대화법』,

홍익출판사(2018.3)

235쪽 | 백세희, 『죽고 싶지만 떡볶이는 먹고 싶어』, 흔(2018.6)

함부로 대하는 사람들에게 조용히 갚아주는 법

1판 1쇄 발행 2018년 11월 15일
1판 6쇄 발행 2019년 1월   2일

지은이 김효은 강인경
펴낸이 고병욱

기획편집실장 김성수 **책임편집** 이새봄 **기획편집** 양춘미 김소정
마케팅 이일권 송만석 현나래 김재욱 김은지 이애주 오정민 **디자인** 공희 진미나 백은주 **외서기획** 엄정빈
제작 김기창 **관리** 주동은 조재언 신현민 **총무** 문준기 노재경 송민진 우근영

펴낸곳 청림출판(주)
등록 제1989-000026호

본사 06048 서울시 강남구 도산대로 38길 11 청림출판(주) (논현동 63)
제2사옥 10881 경기도 파주시 회동길 173 청림아트스페이스 (문발동 518-6)
전화 02-546-4341 **팩스** 02-546-8053
홈페이지 www.chungrim.com
이메일 life@chungrim.com
블로그 blog.naver.com/chungrimlife
페이스북 www.facebook.com/chungrimlife

© 김효은 강인경 CBS, 2018

ISBN 978-89-352-1246-0 (03810)